自然之光

刘如春　著

羊城晚报出版社
·广州·

图书在版编目（CIP）数据

自然之光 / 刘如春著. — 广州 : 羊城晚报出版社，
2024. 11. — ISBN 978-7-5543-1334-3
Ⅰ. I227
中国国家版本馆 CIP 数据核字第 2024UR5276 号

自然之光
ZI RAN ZHI GUANG

责任编辑 廖文静
责任技编 张广生
责任校对 杨　群
装帧设计 友间文化
出版发行 羊城晚报出版社
（广州市天河区黄埔大道中309号羊城创意产业园3-13B　邮编：510665）
发行部电话：（020）87133053
出 版 人 陶　勇
经　　销 广东新华发行集团股份有限公司
印　　刷 广州市德佳彩色印刷有限公司
规　　格 787毫米×1092毫米　1/16　印张8.5　字数88千
版　　次 2024年11月第1版　2024年11月第1次印刷
书　　号 ISBN 978-7-5543-1334-3
定　　价 38.00元

开篇语

用诗的语言感谢自然

诗人要敬畏自然，呵护自然，崇尚自然，要为自然鼓与呼。我国聪明智慧的古人，早在几千年前，就提出了“天人合一”的理念。我国当下在生态文明建设中提出的“绿水青山就是金山银山”正好与其一脉相承。“寿龄”接近46亿年、作为大自然的核心主体——地球，为我们人类的生存与发展贡献了浩瀚无际的资源与财富，其中用以装扮与美化我们幸福生活的珠宝玉石就数不胜数。所以，地球母亲无疑是值得我们情真意切讴歌的对象。以笔者为例，赞美地球以及由她孕育的地质遗迹与珠宝玉石，一直是笔者执着的创作方向。仅过去四年发表的约4000篇诗文中，涉及这方面题材的就有数百首（篇）之多。如这首受到著名评论家赵南成先生肯定和点评的诗歌《广州七星岗古海岸遗迹》，就是其中之一："当目光　刚与你相撞 / 五六千年前亘古 / 孕育的海水　便铺天盖地 / 朝我稀里哗啦涌来 / 很快　在地球 / 鬼斧神工的魔力下 / 又狼狈退却至100公里之外 / 凝结成一个世界级的 / 经典　古海岸遗址 / 涨潮地质学家的睿智眼眸 / 绽放喜上眉梢的永久精彩 / 哦　广州七星岗 / 惊艳古海岸遗迹 / 袅袅时光丢失的一本大书 / 铺开南国繁华都市　街边暴晒 / 字里行间裸露你 / 前世今生　蔚蓝色的传奇故事 / 娓娓讲授古海洋古气候古地理 / 连串波浪起伏　科学知识 / 启迪大美乾坤造福千秋万代"。

诗人要融入自然，遵循自然规律。"大千世界里　我也是一只小虫 / 亦会在春雷中把梦惊醒"。这是笔者近日发表的一首节气诗《惊蛰》开头的两句。事实的确如此，在苍茫无垠的大自然里，我们每个人都十分渺小，形如蚁虫。医学经典《黄帝内经》早就告诫我们要"顺四时而适寒暑"，即人类要健康生活，必须时时刻刻遵循自然运动的规律，融入自然，与自然共进退，"天人合一"才是人类繁荣昌盛、生生不息的希望所在。通俗地说，在天地间，我们人类是小宇宙，小宇宙一定要跟随外部世界大宇宙的步伐与规律运行。有几个十分有趣的现象：地球表面70%多被水覆盖，而人体内的水分约占人体重量的70%；一年12个月，而《黄帝内经》认为人体有12条可防病治病的正经（阴经和阳经各6

条）；一年365天，而《黄帝内经》认为人体穴位亦有365个。这些都是“天人合一”最好的诠释与佐证。所以，我们的文章、我们的诗歌也必须完全站在人类社会发展长治久安的高度，融入自然，尊重自然，用自己优秀的作品为人类社会营造一个坚定不移按照自然规律办事、携手自然一路同行的良好舆论环境。作为自然资源系统的资深作家与诗人，笔者的目光与笔尖始终聚焦于敬畏大自然，义不容辞以诗言志，如这首小诗《紫晶洞》：“与你对视 / 仿佛委身仙风道骨 / 一位历史老人面前 / 感觉自己小如蚊蝇 / 总想飞入那 / 炫耀尊贵藏匿深邃的晶洞 / 觅寻昨日 / 火山爆发的壮美 / 沧海桑田的恢宏 / 哦　把你请进家中 / 终于将心放下 / 天天依偎你 / 鬼斧神工的久远和厚重”。

诗人要和与自然打交道的人交朋友。我所在的地质部门（归属自然资源系统），广大地质工作者就是最典型的和大自然打交道的人。他们吃苦耐劳，扎根野外，为祖国寻矿探宝，是新时代最可爱的人。

作为南粤地质找矿的主力军，截至目前，广东省地质局在广东发现了148处矿产资源，作出了突出贡献；在改革开放后蓬勃兴起的服务经济社会发展的地质灾害防治、基础工程地质等大地质事业方面，亦作出了不可磨灭的贡献。

值得一提的是，我国唯一一支国家海洋地质调查队伍——广州海洋地质调查局，近几年在可燃冰的调查与试采方面取得了令世界瞩目的重大进展。资料显示，可燃冰是21世纪人类不可或缺的天然绿色清洁能源。专家预测，化学石油类能源只够全球人类使用50年左右，而全球已发现的可燃冰新能源储量，人类可望使用1000年。海洋地质人真是做了一件利国利民、功在千秋的大好事。

作为土生土长的资深地质作家与诗人，笔者始终坚持为地质事业鼓与呼，始终坚持讴歌及点赞直接与地球与大自然打交道的地质人。笔者发表的数百万字的诗歌、散文中，直击地质与地质人的占有举足轻重的分量，且获奖良多。如笔者荣获中国作家协会参与冠名主办的“中华宝石文学”优秀作品奖的组诗《男子汉的海》、诗集《猫眼石》，就是这方面可圈可点的作品。因为笔者本身就是地质人、自然资源人，最熟悉他们的神圣事业和苦乐生活。

作为一名有责任感的诗人，笔者为地质为自然鼓与呼的文学创作在似水流年中潺潺向前推进。前不久又与缪斯甜蜜合作，使一首小诗《南海可燃冰》呱呱坠地：“风　从南海来 / 风　从神狐来 / 可燃冰 / 一种统治明天的 / 清洁能源 / 从中国海洋地质人手里 / 绽放　惊艳坠地 / 海风中飞旋出绿色精彩 / 前无古人　惊呆世界目光 / 创新壮举　打捞金灿未来 / 呼啦啦的试采火苗 / 胜利旗帜般舞动永恒的骄傲 / 成功点燃　21世纪 / 梦想成真的中华时代”。

刘如春

2024年10月

目录

第六辑
085 精彩评论

目录

第一辑

聚焦生态

“两山”理念，建设美丽中国的阳光雨露

“绿水青山就是金山银山”的时尚睿智理念
在华夏亿万儿女心中
砰砰叩响　芬芳四溢
强势展示
建设美丽中国的
科学内涵和实践要求
君不见　蓝天白云清水绿岸
在古老神州　酷炫出
前所未有的崭新诗情画意
大气　水以及土壤综合治理
掀起了共和国
生态文明建设　声势浩大
全民皆兵如火如荼的攻坚战
惊泣鬼神　乾坤仰视
哦　一条条绿道分娩靓丽碧道
拥抱　美丽乡村森林城市
在“两山”理念的阳光雨露滋润下
东方民族　环境一流的
绿色幸福家园
正在　地球村人的眼眸里
惊艳地快速崛起

绿色神奇

——塞罕坝建设者荣获联合国“地球卫士”奖有感

一枚金光闪闪的勋章
别在塞罕坝　祖国母亲
优秀女儿丰满高耸的胸脯上
112万亩人工奇迹
一抹靓丽“中国绿”
攀上世界高岭之巅
惊艳全球　OK！OK！
大拇指竖起　目光诧愕
亘古如一张千年荒芜的白纸
被共和国勤劳智慧的三代人
雕出涌动生机和活力
令人心旷神怡的大美画廊
哦　绿水青山就是金山银山
塞罕坝　新时代榜样崛起
你浓缩华夏生态文明建设
前无古人的辉煌与力量

世界地球日

“4·22”　一个全世界芸芸众生仰视
至尊至酷的日子
普天下百姓　奉献最炫美鲜花
以及凡间最纯真大爱
这是心怀感念　镌刻历史的一天
乾坤重温您无私恩赐
情系广阔高远　虔诚守望的一天
地球村人反复憧憬您的绿色期待
哦　人与自然和谐共生的“4·22”
宇宙间崇高圣洁的母亲节
鬼神为之动容　日月星辰
齐齐助力气势如虹竞相喝彩

仰视地球高歌

“绿水青山就是金山银山”
经典理念
这是聪明睿智的华夏儿女
踏入太平盛世璀璨绚丽新时代
深化　热爱地球保护地球
魅力四射的真知灼见
生生不息　黄帝后人
始终视地球如潺潺繁衍自己
德高望重　慈悲为怀的母亲
如同珍爱血缘母亲一样
四季　坚守深耕细作
建设龙的子孙美丽幸福的家园
哦　作为与地球打交道
常年跋涉群山旷野的普通一员
每天我都用地质锤
和地球交流及对话
叩响我携缪斯　诗一般虔诚的语言
结伴岁月仰视地球
感谢　她的大恩大德
直抵天长地久　时光之永远

碧道，一条系在生态文明建设上的翠绿丝带

南粤　紧攥当下大好时光
助力生态文明建设
瞄准丰饶的江河湖库
大做善美水文章
数千公里　水碧岸美的碧道
似飞龙横空出世
在河长湖长的睿智指挥下
如一条翠绿色的丝带
蜿蜒　百姓对水清岸绿
鱼翔浅底的绚烂自然生态的向往
星罗棋布的亲水步道
老广们　豪迈幸福筑梦行
被砰砰叩响
哦　赏心悦目的碧道　广东人
一张水生态的亮丽名片
她与绿道牵手　绽放
生态文明建设的窈窕姊妹花
惊艳神州　四季飘香

“绿化将军”张连印

3月12日　植树节又壬寅时光轮回
你绿色司令虎虎生威的高大身影
于翠绿的静好生活中　巍然耸立在
绿水青山就是金山银山
新时代　生态文明的巅顶
你是指挥千军万马的司令
退休后义无反顾　回到家乡农村
携手父老乡亲执着植树造林
根治沙化土地　甘当普通一兵
癌症向你发起攻击
你无所畏惧　愈战愈勇
大大小小的病魔被你视为毛头小贼
统统埋葬进　深深树坑
哦　赞美和平年代的真心英雄
绿色司令　德高望重的张连印
你是绿化荒山当之无愧的典型
那200万棵茁壮成长
繁茂生机与活力的浩瀚树木
每棵都坚挺你　时代楷模大美品质
昼夜摇曳你这位共产党人
无私奉献　鞠躬尽瘁的旷世精神

广东，
繁茂一个大写的“绿”

广东　亿万南粤儿女
山清水秀的栖息地
沐浴改革开放　吉祥的春风春雨
一个写满勃勃生机的
绿色主题　鹤立鸡群
高矗时光之巅
让乾坤眼眸　曼妙仰视
我的心念走进
纤纤蛇形　弯曲
休闲的岭南徜徉假日
动感绿道碧道　快乐无忌
漫步一路清爽欢畅
览尽志在必得　健康惬意
风景优美竞相蜿蜒
穿针引线　袅袅飘逸12000公里
织出一幅前无古人
时尚惊艳的广绣　如画如诗
我的情愫走进
浓荫密布的森林公园
葱茏清凉加痴迷
人与自然和谐　魂灵粘连纠缠
高调绽放演绎
全民　植树造林铸就

朴实老广绿色执着
一座座星罗棋布　拔节而起的
绿油油景点
被　中外游人来回穿梭诠释
大海般波涌青翠欲滴
我的梦想走进
“天人合一”的珠三角
陶醉于森林城市群　神奇魅力
广府文化嫁与生态文明
孕育血肉交融　环保靓丽
一个个森林城市联通绿地湿地
串起成群结队　大美自然保护区
酷炫南国先行热土科学崛起
哦　共和国的幸运宠儿　广东
前进中探索成功复兴示范路径
紧锣密鼓地　繁茂
地球村一个太平盛世大写的“绿”
为筑梦中国腾飞世界　加油助力

想起旧居门前，那棵菠萝树

思绪突然飞到　粤西一个野外基地
我旧居门前那棵高大的菠萝树
菠萝树　是家父亲手栽种
我每每与其邂逅
总闻它孜孜不倦诉说　父亲的
风采和父亲那段艰辛日子
为我们六口之家　酿造生活甜蜜
特别是瓜熟蒂落时节
树上一个个　熟透的硕大菠萝
裹着父亲的抚爱与香甜
梦幻般飘入我们　家族舌尖精彩
美不胜收如画如诗
哦　如今旧居　门前那棵
父亲栽种的菠萝树　虽然离我
已经　相距千里之遥
但你点点滴滴早就融入
我　生命及芳华
化作绚丽的生态文明之光
丰腴繁茂我天长地久　璀璨旷世

冥冥中，
想起那只逃生的小青蛙

——写在2023年8月15日全国首个生态日

小时候　在家中厨房的水桶里边
我偷偷放走一只待宰青蛙
因为青蛙是益虫　老师课堂
循循善诱丰腴了我的胆量
至今　亦无半点后怕
渐渐长大　常见那只萌萌的青蛙
撒娇般蹿入　我香甜的梦乡
偶尔还用感激的语调与我对话
好久不见　你现在可好
靓丽善良的小精灵　可爱的小青蛙
你　是否依然与我们共享蓝天
在祖国大地自由自在蹦蹦跳跳
抑或又被某些贪婪者
肆无忌惮疯狂追杀
哦　别怕　别怕　千万别怕
我朝思暮想的小青蛙
今日神州迎来　生态文明建设春天
如果你福大命大　一定会欢欣鼓舞
和你的兄弟姐妹　快乐拥抱
泛绿重现大美地球家园
你牵手人类的未来　同样如诗如画

街边，
我邂逅一棵长胡须的老树

不知过去多少个年头　鬼使神差
今天偶然路过又见到了你
还是原先伟岸坚挺耸立的雄姿
晚霞中高调亮相
在都市车水马龙的街边一隅
只是那瀑布般的胡须突然从天而降
惊艳我　诧异的眸子
你德高望重旧貌换新颜的模样
令我等路人　肃然起敬
还有你沧桑百年依然繁茂至今
倔强不败的葱茏成就的历史传奇
仿佛每根胡须皆源远流长
述说你前世今生潺潺故事
哦　尽管你披挂长须跻身无数春秋
历尽雷电风雨　仍潇洒绽放
众生眼里积蓄的累累战绩
那难忘初心情怀　如常撑开
一把遮天蔽日坚韧不拔的浓荫大伞
呵护都市的平安吉祥　直抵旷世

街边，
一朵紫色牵牛花向我顽强绽放

夏日我在南国大都市　休闲徜徉
街边一朵牵牛花
向我顽强绽放　看得出
它经风沐雨执着盛开　还一门心思
攀墙向上　向上
面对路人　它都真诚微笑
没有丝毫的虚情假意　偷偷匿藏
哦　它使我想起
呼伦贝尔大草原　深处
我相识的那朵紫色的马兰花
一样靓丽一样顽强　尽管生长在
南北不同的自然环境
由于都有一样的初心与使命
故年年岁岁向众生无私
奉献　难能可贵的吉祥紫气
凝成泱泱地球村美不胜收的生态之光

想起那棵我栽种的小树

我读小学时　踏着植树节晨光
曾栽下一棵小树
老师告诉我　这是一棵
大名鼎鼎的玉兰花树
每年三月　长大后的玉兰花树均会
孕育满树白色玉兰花
向人间无私播撒　醉人清香
从此　这棵亭亭玉立的白玉兰树
就一直在我的心田　守望与生长
哦　即使后来我远走他乡
无名山岗上　小树的美丽身影
始终缠绵我的芳华和美梦
尤其是当下　偶尔还能嗅到它那
近在咫尺越来越浓郁的沁鼻芬芳

诗意白沙湖

你像一位　长生的地球老人
遗失在帕米尔高原
一块靓丽无瑕的曼妙碧玉
波动着大自然的神圣光泽
优雅得令每位游子痴迷　眼眸里透出诧异
抑或似不知何时从天而降
婀娜多姿　荡漾热切眷恋的少女
张开温柔多情的臂膀
拥抱从四面八方　慕名而来的宾客
以水当酒斟满一湖的爱意
哦　其实你是　大美新疆一颗
熠熠生辉的明珠
闪烁在巍峨伟岸的昆仑山雪峰下
天长地久　为我泱泱东方大国
孕育出一茬又一茬的赞歌与惊喜

诗赏草原花朵

翡翠铺就　无边无际的
呼伦贝尔大草原上
一朵朵娇艳妩媚的小花　将
世界最美草原绽放得灿若五彩云霞
蒲公英搭载　我孩提时稚嫩的理想
铺天盖地　闪亮金灿
齐齐飞向　海角天涯
马兰花隐藏大草原的深闺一角
默默摇曳紫气东来
助力川流不息的游人
献上尊贵与吉祥的祈福哈达
哦　最炫的当数　那
浩似烟海不知名的小黄花
相互牵手　坚挺守望着代代相传
高大上的美丽草原
盛开战地黄花分外香　旷世精彩
把绿油油的呼伦贝尔描绘得锦绣如画

马兰花开

美女歌手龚玥　那首悦耳的《马兰花》
抑扬顿挫如诉如泣
把我的思绪　带往千里迢迢的
呼伦贝尔大草原
在草原深处邂逅　那朵偶遇的
马兰花　相拥愈行愈近袅袅东来紫气
娓娓动听的《马兰花》
放飞吉祥音符　又悠悠搭载我
飘逸到大西北一个
名叫马兰的红色“打卡”地
寻觅举世闻名的东方“两弹一星”精神
将我的初心使命　投入这
爱国主义大熔炉重新洗礼与磨砺
哦　马兰花　马兰花
龚玥演绎天籁般酥心入骨的旋律
波浪起伏　一点一滴融入我
滚烫滚烫的血脉
尊贵我芳华天长地久　炫亮旷世

在湖边

湖边常常是我　休闲娱乐的“打卡”地
我隔三差五必定到此
卸下一身都市的丰饶噪音
让清澈的湖水荡涤得干干净净
没有一丝波纹的湖面　是我从
都市之外捞取的最大奢侈
绽放酥心入骨　宁静宁静
是那滴水成湖享用不尽的宁静
哦　有时　我真想
一个猛子扎入湖中
寻觅那条　梦里的美人鱼
心甘情愿被她征服
远离车水马龙　闹哄哄的红尘
从此无忧无虑与她的族群世代攀亲

第二辑

深耕地球

关于地质与地质人

弓着身子　永远向上攀爬是地质人
铿锵恒久的英姿
群山峻岭乖乖在脚下　称臣
叩开千万座金色的矿山大门
骄傲耸立　顶天立地的高峰
地质人不倦勘查属于自己的自豪与胜利
顽强钻探　越硬钻得越欢
是地质人被似水流年的岁月磨砺
一往无前的脾气
地质人站起犹如一座令人仰视的钻塔
即便有朝一日　躺下
也似一节岩心演绎山野的刚阳传奇
哦　地质人属于　创新一族
他们皆长着双双火眼金睛
专门寻觅　地球隐藏并孕育
亿万万年的闪光奥秘
终生精神抖擞地开拓　探索
被地质人视作最大的幸福直抵无极旷世

中国大地质写意

攀爬　解读铿锵中国地质
天成地就的娴熟技巧
铁脚板征服　一座座崇山峻岭
手锤叩醒亘古沉睡的宝藏
令其竞相闪亮　共和国今朝风流
平安守望博爱中国地质神圣职责
罗盘聚焦地质灾害这匹野马
攥紧每条疯狂撒野的缰绳
助力百姓　乐活在当下太平盛世
幸福吉祥共享无忧
打钻　裸露诚信中国地质拿手好戏
睿智潜入千百米深的地下
神妙的放大镜　穿透岩石的硬度
夯实浩瀚建筑群稳固基础
让美丽家园　坚挺山河风光锦绣
哦　新时代中国大地质
为华夏复兴筑梦　保驾护航
倾情献演酷炫作秀

新时期地质，
国计民生的铿锵保护神

共和国新时期华夏响当当的大地质
特别能战斗的一支地质勘查队伍
孕育出地质灾害防治
崇高而神圣的新的专业使命
乘着我神州轰轰烈烈大建设
热气腾腾的强劲东风
地质人擎起义不容辞的光荣责任
走进都市街巷走进乡镇村寨
聚焦城市地铁高速公路
每座水坝每片楼群每个基础工程
手握地灾防治精湛技艺做武器
绷紧神经一丝不苟　目光警惕
集结365个风雨无阻的日日夜夜
时刻围歼滑坡塌陷沉降和泥石流等
阴谋破坏国家和百姓
生命财产的暗藏的凶恶敌人
哦　新时期地质工作者
继续弘扬“三光荣”优良传统
高唱一往无前的《勘探队员之歌》
在地灾防治战场义无反顾冲锋陷阵

那一份份保驾护航
沉甸甸的优质地质灾害防治报告
无不体现地质人用智慧与心血书写
10个闪光大字“让祖国放心让人民放心”
我们是国计民生合格的铿锵保护神

《勘探队员之歌》，今天深入城市与乡村乃至每一个角落嘹亮

一曲　地质工作者
穿越半个多世纪悠悠烂漫时光
耳熟能详　在大山
连绵起伏的威武雄壮的旋律
呼唤出　一座座
共和国建设急需的珍贵宝藏
今天　优美动听的音符
沿着那位曾任国家总理的
地质学家　无比睿智的大地质理念
深入城市与乡村乃至神州大地
每一个落角　继续飘逸嘹亮
叩响地质工作服务国计民生
方方面面　谱写新的激昂篇章
哦　资源环境工程地质集结的
大地质　孕育出城市地质
农业地质旅游地质健康地质
这一行行　地质人拓展的五线谱
为新时代《勘探队员之歌》
注入　史无前例的天籁之音
抑扬顿挫中放飞铿锵与高亢

诗赞黄大年

黄大年　共和国土壤里横空出世
功勋卓著的地球物理专家
为了报答华夏母亲　养育之恩
你放弃国外富足生活
携带　丰饶学识与娴熟技艺
毅然回国构筑神州复兴梦
奋力拼搏摸爬滚打　将
助力我东方强国大计的心血
毫无保留　一点一滴全部倾洒
你是国家实现“弯道超车”多项
高精尖技术　第一人
携手团队跻身“巡天探地潜海”领域
为业界填补了　一系列空白
你刻意追赶发达国家
总是走在时间前面　积劳成疾
毫无悔怨默默含笑倒下
哦　黄大年　我亲爱的校友
我们地质系统令人仰视的“大哥大”
你倒下　是平凡的肉体身躯
你的珍贵精神却恒久青葱不败
矗立民族脊梁之巅
牵手泱泱乾坤高山大海太阳月亮
天长地久　俯看我龙的国度
一路走向风调雨顺　叩响兴旺发达

听《勘探队员之歌》

一首由那山谷的风吹动我们的红旗
雄壮豪迈的进行曲
已诞生并跋涉70多个春秋
仍然青葱不老　铿锵倔强励志
共和国百万勘探健儿
踏着这熟悉的军号般火热的旋律
义无反顾地主动出击冲向大山
冲向野外　朝祖国最需要的地方冲去
一年四季不知疲倦地低吟浅唱
一枚枚经苦乐磨砺的音符
盛开一朵朵竞相斗艳的金花银蕾
集结成一座座靓丽的矿城
在打败荒芜与孤寂的不毛之地轰隆隆崛起
《勘探队员之歌》蜿蜒抵达共和国新时代
悠扬嘹亮　激昂依旧
奋勇争先的百万勘探健儿
传承续写新的全方位
服务国家建设大地质五线谱里
继续高亢优美抒情的“三光荣”主旋律
袅袅叩响地质人新的光辉灿烂的业绩

山头，
钻机在列队栖息

一排巍峨的钻塔
刺破苍穹　集体列队
在连绵起伏的山头栖息
喊叫了两个春秋　钻探机
疲惫得开始无声静默
喜悦　悄然定格深深的孔底
一座大型勘查矿区的作业
刚刚圆满答题　熠熠生辉的亮点
已交给火眼金睛的改卷老师
此刻　才有悠闲空隙
与山花飞鸟平静唠嗑
上演　时光储存的旷野甜蜜
哦　分明诠释养精蓄锐
中国梦　尚蕴藏岁月久远
无穷无尽的跋涉和寻觅
钻机短暂休整　是携手钻头
跻身神州更加如火如荼的
轰响　铿锵搏击

勘探笛声，
丰腴山野久别的思念

白蘑菇似的帐篷　扎根
山野静夜水样的潺潺时光
一轮弯月　悬挂
相思融融的九霄太空
勾出帐篷内　笛声成串成行
涨潮勘探者久别的
情深深　意茫茫
相拥波形运程执着守望
天籁般　飞流直泻
旋律优美悦耳高亢
哦　山野　一支竹笛
嘹亮　如泣如诉清辉荡漾
翱翔　群山夜色秀丽
勘探者的思念温暖丰腴
如云雀　扑棱棱
悠扬大爱地眷恋远方

老地质专家

吟诵“踏遍青山人未老”经典诗句
你用地质人特有的铁脚板
征服无数连绵群峰
一双睿智的火眼金睛
地球古老的历史　被扫描得清晰如镜
金花银蕾竞相绽放在你面前
找矿功臣的荣誉　你当之无愧
共和国国富民强的史册里
名正言顺地镌刻着你　无私的奉献
哦　步入夕阳西下的岁月
你继续遵循　革命英雄
“生命不息，战斗不止”的谆谆教诲
你说你的芳华全部属于　地质
丰饶的矿产图将由你的执着最后填满

高耸的生命

——写给一位永恒年轻的地质人

作为地质灾害防治　主力军一员
你挺身而出逆势而上
在一个小山村应急救灾抢险中
为保护一位六旬老大伯
你　毫不犹豫用20岁的坚挺
顽强挡住一块滑落巨石的肆意疯狂
将生命之音铿锵叩响
哦　你这位年轻无畏的地质人
崇山爱山　把一生无私献给大山
你没有死　年轻宝贵的生命
分明　与山紧密融为一体
如高山峻岭永远鲜活着耸往天堂

钻探工地

钻塔　树起旷野开拓者“踏遍青山人未老”的壮志雄心
锐利钻头　勇猛挺进地球深处
将勘探者不倦的追求铿锵演绎
钻机顶天立地　放飞大汗淋漓情
钻探工地热情高涨　如火如荼
野性泛滥的阳刚因子
连空气皆躁动　一点即燃
亘古洪荒孕育雄起的倔强有力的声音

山野中秋月，
是女人美丽的笑脸

中秋时节　为了那个
即将呱呱坠地的隐伏矿山
男人　始终坚守
在连绵起伏的旷野
荒芜　寂寞　勘探做伴
迷人的中秋之夜
男人走出帐篷　仰望
天空那轮皎洁的满月
仿佛　又见到邂逅的女人
那美丽的圆圆的笑脸
沐浴月亮如水般的融融清辉
分明是远方女人冲他
播撒绵绵情意　悠悠眷恋
哦　属于山野的男人醉了
他　今夜无眠
和山头那台钻机一样亢奋
津津有味地咀嚼中秋夜的月光
以及女人每逢佳节倍思亲
向他投递　火热的天伦之乐
裹满女人的痴想与香甜

大海探歌

茫茫大海
歌谣　波浪起伏
深邃中浓缩　藏匿
探海人
念想在钢铁平台碰撞
果敢抱团　潇洒聚集
他们丰盛的睿智
灌满　希望的钻杆
潜入奥秘玄妙的海底
去寻找　亘古遗失的
闪光音符
待谱写　振兴大美国运的
一支璀璨旋律
哦　争分夺秒
日复一日　他们安扎平台
像颗颗倔强的钉子
始终　放飞火热的激情
静静等候
与那首　抑扬顿挫的曲子汇合
高调轰响的时刻

海洋地质调查船

满载　祖国的深情重托
理想徐徐驶入希望的大海
马达轰鸣　高调助威
浪花争妍　酷炫风采
探宝者　豪情汹涌起伏
三尺甲板叩响璀璨未来
掏尽智慧　潜入波涛深海
瞄准蔚蓝　将亘古秘密打开
哦　每个航程都一点一滴
积蓄胜利信心
惊艳旷世中国梦
地质人誓要浓墨重彩

南海可燃冰

风　从南海来
风　从神狐来
可燃冰
一种统治明天的
清洁能源
从中国海洋地质人手里
绽放　惊艳坠地
海风中飞旋出绿色精彩
前无古人　惊呆世界目光
创新壮举　打捞金灿未来
呼啦啦的试采火苗
胜利旗帜般舞动永恒的骄傲
成功点燃　21世纪
梦想成真的中华时代

第三辑

风光赏析

喀斯特

沧海桑田
斗转星移
你果敢蹿出水面
跻身人间巍然耸立
炫耀峻峭风采
闪亮山情石意
饿虎咆哮美图
展示地壳运动威猛
金鸡啼鸣的英姿
解读历史骤变的魅力
哦　喀斯特的曼妙光阴
被你定格成瞬间
亘古演化的神奇奥秘
一览无遗

飞来石

天外来石
落户悬崖峭壁
苍松般挺立啊
大自然鬼斧神工
笑揭千年谜底
助力经典红楼演义
上帝降玉旨
发配天石下凡
空降人间大美黄山
驻守高地

砂岩石林

古老岁月利刀锋刃
一路切割傲视群山的砂岩
成就一片片
挺拔峻险的多彩石林
给大地点缀
风景这边独好
为游客览胜绘制
野趣横生的地质公园
哦　世界目光集结的湘西
大美张家界崛起
砂岩石林的恢宏经典

华山写意

亘古　经久雕凿的华山天险
演绎悠悠亿万年
把自古华山一条路　玄妙神秘
动人心魄的故事
传说得　有鼻子有眼
潺潺而歌　渐行渐远
君不见　那部镌刻时光的记忆屏
智取华山的视觉艺术
在人定胜天　技艺高超
运筹帷幄的谋划下
不可逾越的巍峨天险　终究被
诠释为畅快的一马平川
哦　置身聪明睿智　愈战愈勇
伟大的中华民族
智取华山　精彩的华山论剑
无疑惊艳树立了
一个世代流芳　碾压险峻的典范

九寨沟

大美风景族群中　你光彩绚烂
耸立赏心悦目的巅顶
殊不知　你出类拔萃的容貌
源于百万年前一场
摧枯拉朽　超强的大地震
经过旷世鬼斧神工
沧海桑田的地质运动
满目疮痍的地灾遗址
终于脱胎换骨　闪亮登场
蝶变成游山玩水
令八方宾客仰视的璀璨明星
哦　五彩斑斓的动感九寨沟
你携手　世界地质公园
黄山丹霞山张家界一起
为如诗如画的华夏　画龙点睛

石坑崆峰，广东第一高峰

南岭　连绵起伏的山脉中
你鹤立鸡群
曼妙时光　格外宠爱
把你繁衍成葱茏的南粤第一峰
巍峨　是勤劳睿智的粤人
眼眸仰视的风采
脚下　卧伏山岩密布森林
以及飞流瀑布鸟雀欢歌
无不优雅簇拥着对你
虔诚地顶礼膜拜
还有你　大美乳源
你栖息的中国观赏石之乡
每天都绽放　精品彩石的靓丽
与你牵手共享未来
哦　石坑崆　沐浴春风春雨
你将老广们敢为人先的伟岸气概
轰然拔地而起　耸入云天

鼎湖山飞水潭

亘古受宠的美丽似锦的鼎湖山
崛起一个　葱茏四季
首批加入联合国教科文组织的风景区
飞水潭瀑布　日夜
吟唱诗仙“飞流直下三千尺
疑是银河落九天”的不朽诗句
精准奉献出每立方厘米
超十二万个　养生负离子的玄妙与神奇
成就　鼎湖山最经典的景点
八方游人蜂拥　如画如诗
哦　潺潺飞水潭
你是一条动感曼妙的玉带
优雅地系在泱泱共和国
繁茂　绿色　吉祥　兴旺的太平盛世

英德英石

广泛吸纳　日月星辰之精华
尽情承揽　天地山河之灵气
古老地球　奉献酷炫鬼斧神工
无私大爱的恩赐
把你　雕塑成出类拔萃
岭南赏石家族的经典
“瘦漏皱透”　凝结成一支奇特魔笔
诠释你与太湖石灵璧石携手
风采照人　共享时光
演绎岁月静好的惊艳和靓丽
哦　岭南英石　石中
赏心悦目的瑰宝
慷慨播撒德高望重　仙风道骨的风姿
一网便打捞遍
乾坤红男绿女的尖叫及仰视

南岭森林公园

光阴孕育　广东最大的
南岭森林公园
繁茂　浩瀚的绿色生态
从原始岁月中优雅曼妙地姗姗走来
南粤最高峰　石坑崆
在这里拔地而起
令人眼花缭乱的瀑布群
争相放映飞流风采
南岭森林公园　实至名归
族群中的“大哥大”
扎根大美南国热土
摇曳粤人绿色发展的豪迈气概
哦　在老广聪明睿智的筹划下
南岭森林公园潇洒转身
升级为国家级公园
助力改革开放前沿　高调
张扬新时代绿油油的环境精彩

阳春凌霄岩

遥远亘古将你孕育　呱呱坠地
在我山清水秀的第二故乡
蜿蜒八十公里长大成
大美喀斯特族群
拔地而起惊艳乾坤的佼佼者
汇聚众生眼眸　以及绽放
让人恒久尖叫的
刻骨铭心的记忆
哦　走进阳春国家地质公园
捕获你被悠悠岁月　鬼斧神工
舞动的如诗如画的阳春山水时光
狂野构思　最壮观酷炫的一笔

封开地貌

那座　雄伟壮观一石成山
世界上最大最完整的花岗岩巨石
浓缩成粤西封开　一张
闪亮酷炫的名片
展现举世无双的靓丽与荣誉
千层峰小桂林古淘金遗址
牵手　潺潺蛇曲河弯
将大美封开丰富多彩的
地质地貌景观集结　成就让人叹为观止
铿锵拿下国家地质公园桂冠
志在必得　名副其实
哦　看生机勃勃的苍劲青松
从古老封闭的围岩中　呼啸而出
把广府人敢为人先筑梦明天
昂扬的精气神　裸露得淋漓尽致

中山石岭山海蚀遗址

搭乘　远古悄然启动表演的
酷美沧海桑田
不远万里　从辽阔无垠的大海故乡
你跋涉到德高望重的中山先生
老家扎根落户　寻觅
新的视野与机缘
哦　蓝幽幽的梦幻　还隐约藏匿
孕育并分娩你的漫长昨天
立足当下　坚挺助力
这方如火如荼改革开放的热土
叙说娓娓动听　神奇玄妙的地质故事
展现　一个山海变迁
创造近在咫尺的辉煌历史的惊艳

深圳梧桐山

你以自己　巍峨耸立的伟岸身躯
夺得“深圳第一高山”的靓丽头衔
你不动声色　用亘古铸就的品性
昼夜注视特区历史巨变
融入“绿水青山就是金山银山”
治国理政的睿智理念
你幸得　改革开放春风春雨
相拥太平盛世不断丰盈与向上发展
奉献“稀秀幽旷”　优雅独具的特色
斩获国家级风景名胜区
世界瞩目　闪亮巅顶的桂冠
你聚焦深圳人永立潮头摇旗呐喊
深圳人亦将你的倩影紧揣心里边
哦　大美梧桐山
惊艳中外的国家级风景名胜区
你是特区生态文明建设的精彩华章
一草一木　无不书写着深圳人
踏上复兴大道　走在共和国最前沿

香港，流纹岩地貌

那场　震天动地的火山爆发
在我眼前炫亮
时光凝固的一幕幕　惊艳记忆
经过沧海桑田　愈行愈近
你才演绎成　岁月静好里
地球呱呱坠地的
精彩昨天　如画如诗
在远离母亲
沦落为弃子的那段日子
你仍旧执着守望
坚挺　黄皮肤黑眼睛
诠释容貌不改颜色　与脾气
哦　今天你终于回到祖国怀抱
东方之珠　比往昔
更加璀璨和靓丽
当然　也融入了你尽情绽放
泱泱大美自然风光
出类拔萃的功劳　及魅力

香港鸭洲“鸭头”海蚀洞景观

在殖民统治的漫长时代
你没有仰人鼻息
而是把不屈　卧伏大海
亘古锻造的铿锵“鸭头”
自始至终　演绎坚硬如初
黑夜中把曙光默默等待
哦　终于盼到　风水轮流转
抹去污迹的东方之珠
靓丽本色依然　重新怒放异彩
激情奔涌　哗哗海浪放飞你
浓缩百年的欢乐　“呷呷”呐喊声
分明召唤着香江更美好的未来

第四辑

阅读宝石

和田玉情思

我有一枚　漂亮的和田玉
惊艳我眼眸
放飞　我的悠悠情思
瞬间抵达西域
时尚　靓丽的和田玉
浓缩了整个大美新疆
使我这颗　汉民族的心
与远在几千里之外
维吾尔哈萨克人民火热的胸襟
紧密相连　近在咫尺
和田玉是中华文化
一粒　纯洁无瑕的元素
包裹新疆人民的眷恋
深嵌各民族抱团石榴籽里
哦　我有一枚　漂亮的和田玉
羊脂芳香浸透我的血脉
爱国主义情愫　在我的收藏宝库
旷世酷炫与凝聚

炫美石榴石

戴着“一月生辰石”知名桂冠
展现你不变的初心
仿佛由一团团紧密拥抱的
曼妙石榴籽　闪亮转身
优雅玉化而来
蕴藏紫牙乌的华彩　为静好
悠悠岁月袅袅升温
美丽　自始至终
潜入时光深处绚烂坚守
成为浩瀚族群中
悄然酷炫四季的低调明星
哦　小小石榴石
相传你与巾帼格外有缘
难怪那“女人石”荣耀
牵手紫气从古一路吉祥到今

诗赏蓝宝石

你把蓝天大海的曼妙色泽
浓缩于一体　袅袅放飞
亘古锻造的高远玄妙与无穷魅力
你敞开　广阔胸怀
为芸芸众生精彩诠释
博大美好的运程和希冀
你牵手绚烂的紫罗兰勿忘我
以及　“蔚蓝宁静”的花语
将乾坤最炫的忠诚
自由自在尽情演绎
哦　晶莹剔透的蓝宝石
地球宠入心肝的宝贝儿子
你收藏人间神秘优雅的梦想
千秋万代　永不言弃

海蓝宝石的传奇

辽阔高远的海天色彩
融为一体　矗入娇柔女人
心头高地的酷炫和靓丽
优雅的地球“白富美”
络绎不绝追逐与昼夜喜好
一双双明眸　津津有味
品尝出古今中外
最浪漫动人的惊艳故事
哦　岁月　因你而静好
历史深处绽放的悠悠时光
把你　粘连一代名媛戴安娜
定格成恒久流芳
晶莹璀璨　蓝幽幽的千古传奇

德高望重祖母绿

炯炯目光　聚焦你
五月众星捧月一尊
温润泛绿的五星级宝石
从远古款款走来
走出　精美绝伦的祖母绿
绿得经典　绿得专一
深藏　德高望重的内蕴
酷炫葱茏　流芳靓丽
哦　丰饶朴实的绿色
被深耕细作　锻造极致
在似水流年的时光中提炼精彩
蹒跚攀上　族群峰巅
俊男美女无不向你虔诚仰视

大写端砚石

中国“四大名砚”之首
一个如雷贯耳的名字
你优生优育　分娩
包公护航进京的厚重历史
百姓梦里稀罕收藏
古今文人墨客　痴迷你
如同恋另类爱妻
都说石不能言最可人
最可言的　要数你
哦　牵手华夏文化一同成长
你始终研磨出大写的
悠悠五千年中华传奇

红宝石，
七月一团靓丽的火

一枚　如火如荼呼啦啦燃烧的
七月生辰石
在花繁叶茂　靓丽的光阴中
升温你“宝石之王”的美誉
兴奋之色　引起红男绿女的
惊艳尖叫与叹为观止
你情我愿　滚烫热烈的
爱之梦被你浪漫粘连和聚集
哦　分明是地球　鬼斧神工
专为神州打造的一款吉祥中国红
在你时尚　高贵的倩影里
将华夏红红火火的运势
千秋万代　潇洒演绎

六月·珍珠

六月　属于
珍珠丰腴的季节
母亲喜欢靓丽的珍珠
让我和她　亲密结缘
在蔚蓝色的六月
诠释我俩成双成对
惊艳　时光湿漉漉的眸眼
我的年轮芳华
从此　如珍珠般闪亮
即便浪漫旅程
偶尔飘来几丝愁云苦雨
那亦是　与我缠绵
一生一世的珍珠泪滴
“宝石皇后”的天姿
风采依旧
悠悠岁月中　无悔无怨

至亲至爱紫水晶

晶莹剔透
携带　吉祥的紫气东来
尊贵之色
温热　芸芸众生的情愫
酷炫地球浓缩的
岁月靓丽　时光风采
滚滚红尘中
你凸显高雅　庄重
点点滴滴的璀璨与辉煌
天成地就　乾坤大爱
哦　赏心悦目的紫水晶
亘古孵化的二月生辰石
你牵手紫罗兰相伴同行
一路惊艳　花红柳绿的
鲜活春天

酸酸甜甜橄榄石

裹着酥心美妙
印象中绽放的酸酸甜甜
挑战浪漫初恋
和我回忆久远的味蕾
凝结　和平与幸福
以及津津乐道的愉悦
优雅一瞬间
哦　橄榄石
你惊艳　红男绿女
灵魂和眼眸
醉入　鬼斧神工经典铸就
千古不变的
袅袅青葱　潺潺情感
我珍藏岁月静好的合家欢
被你　精准酷炫到永远

在中山温泉，
我伫立一尊巨型黄蜡石面前

踏着时光节点　我走进
休闲幽静的中山温泉
门口　一尊巨型黄蜡石
拽停蹒跚的脚步
将我的思绪　拔地而起
放飞仰视庄严的联翩浮想
大爱黄蜡石
你天成地就　慈母般博大的情怀
孕育赏心悦目的黄龙玉
黑马王子　惊艳乾坤眼眸
大美黄蜡石
你与书法家　天生有缘
青葱永驻的铿锵身板
炫亮一方方　珍稀名贵的墨宝
古今大师写进历史的流年经典
哦　呵护聪明睿智的南粤人
幸福吉祥的黄蜡石
伫立中山温泉　诠释历史高远
那是国人尊重的邓公
为龙子龙孙们　叩响
五个铿锵有力沉甸甸的大字
“不走回头路”　振聋发聩
福佑华夏面朝复兴大梦
坚守初心使命　一路向前

恩州奇石雕刻技艺，
绽放南粤侨乡文化的绚烂花朵

恩州奇石　迷迷糊糊沉睡亿万年
不知何时醒来便曼妙演绎
“广东养生第一石”的神奇
并优雅孕育
五邑侨乡　精雕细刻精美绝伦
惊艳眼眸的绚烂技艺
你施展鬼斧神工　娴熟魔幻
把毫无气息的一块块石头
蝶变成　栩栩如生
一尊尊惊艳世人的伟大作品
南粤非物质文化遗产　无上荣誉
被你实至名归揽入怀里
哦　恩州奇石　大医大德
广东养生第一石
你用自己源远流长的雕刻技艺
为五邑历史文化增光添彩
在悠悠岁月的深处　闪亮转身
娓娓诠释了一个
当代　石破天惊的动人故事

台山玉写意

大美黄龙玉漂亮的孪生姐妹
恰逢太平盛世的宠爱
在丰饶的五邑大地　闪亮现身
温润细腻的品格
照亮家族火热的运程
靓丽多彩的面容
捕获　红男绿女络绎不绝的
惊艳尖叫声
你是地球　鬼斧神工的
亘古旷世杰作
宝玉石市场　一匹珍奇的黑马
在南粤侨乡骄傲驰骋
石中精灵台山玉
哦　今天你已幸福地黄袍加身
莫忘骨子里　深刻着血缘印记
外表粗俗的黄蜡石始终是
生你养你　大慈大悲的母亲

大美高凉南山彩玉

吸吮大美粤西　人杰地灵
繁华富贵的气息
安然　沉睡亿万年
今天终于躺卧太平盛世的产床
呱呱坠地
助华夏画龙点睛　增姿添彩
为宝玉石家族增添珍稀的魅力
你窈窕婀娜的身躯
富含　电气石成分与硒锄等诸多
当下时尚神奇的保健元素
实至名归　骄傲赢得
泱泱乾坤响彻苍穹的
“第一养生彩玉”美誉
哦　高凉南山彩玉　你把
地球鬼斧神工雕凿的永恒福佑
恩赐民族英雄冼夫人故里
粤西因你的横空出世
倍加　熠熠生辉锦绣绚丽

广绿玉，青葱我的念想

根植　睿智深厚的
广府文化
绿出南粤　岁月
凝结的活力与精彩
石中瑰宝　成就
赵朴初大师
一生　魂牵梦萦的
至尊至爱
四大印章石　家族中
举足轻重的佼佼者
镌刻　百姓经典人生
定格千秋万代
哦　广绿玉　你丰饶
我高远广阔的大美念想
注入我　赏心悦目
构筑的勃勃生机
繁茂未来　青葱永在

第五辑

诠释节气

立　春

走进你晶莹透亮的眸子里
我瞅见　潺潺涌动
舒适温馨的暖意
绽放的朵朵　六角形雪花
开始从美丽绚烂
鬓发的一角　坠落
扑向那生你养你的无垠大地
冰冻的心灵　深处
分明回响着瞬间解封
复苏的喜人信息
哦　冲出囚禁了一冬的寒窗
季节与最受宠的立春　重逢
相依相恋为下一个轮回
孕育　更加魅力四射
充满生机与活力的我和你
青翠欲滴　爱情故事如画如诗

雨　水

时光　泼洒热泪大肆宣泄
阴寒无情日子的终结
启动崭新季节的年轮　携手
千万条曼妙银丝
风驰电掣　一路碾压那
令人厌恶的白色冷酷
为满世界稚芽　铺天盖地
繁茂的生机与活力
湿漉漉水淋淋　植进
温暖如春的乾坤眸子里
潇洒而优雅　打开了
一条浩瀚泛绿的翡翠通道

惊 蛰

亘古照例滚来　一连串春雷
把草虫从冬眠中
稀里哗啦　全都震醒
惊蛰成为当仁不让
接班立春　季节里最炫的主角
助力万物泛绿
与　降水涨潮和徐徐升温
壬寅惊蛰　有幸拥抱
虎虎生威的运势
众生开始攥紧　惊垫做犁头
启动新一轮细作深耕
每颗　栽满希望的心
仿佛已经嗅到岁末
春华秋实　如虎添翼的芬芳

清　明

淅淅沥沥的冷雨　浇湿了四月
也浇湿我悠悠的思念
洒向久别故人　宅居的墓域
一朵朵知心肃穆的白色菊花
向着曾在地球上　潇洒走一回
浩瀚的魂灵惊艳绽放
洁净无瑕　勾起绵绵追忆
哦　我把四月苦涩的清明
浓缩成　最酷最美的方块文字
书入泱泱地球村永续传承的诗篇
镌刻命运共同体的大乾坤
每年清明　虔诚跪拜

立　夏

季节　逐渐被潺潺的时光
慢悠悠烹熟
运程开始　多姿多彩灿如夏花
徐徐升温一路
泱泱大乾坤　演绎天高地阔
稻麦不约而同灌浆
诠释　朝着金秋拔节的圆满
携万物竞相加油添速
哦　伊始夏日　从春姑娘手里
攥紧递来的接力棒
他要跑出　一个酷帅小伙
优雅轮回向前的铿锵脚步

小　满

从立夏起步　一路走向
阳光拽行的千里万里
我脚步　咚咚
叩访人杰地灵的南方
这个　水肥鱼美的节气
徐徐升温乾坤
枝繁叶茂　天高气爽
张扬风景独好的诗情画意
我在运程　撑起
一把充满旺势的大伞下
踏转　时光水车
开始助力炽热的流金岁月
输送　潺潺清凉
裸露属于我的一览无遗

芒　种

从立夏启程　姗姗走来渐行渐近
节气一路接续表演
天高地阔　徐徐升温
时光邂逅的三夏
继续忙碌　经营兴旺运势
梅雨淅淅沥沥大献殷勤
助力中国农事　储蓄丰饶收成
哦　芒种相逢太平盛世
枝繁叶茂的夏季　全方位酷炫这
岁月似水流年风调雨顺

夏　至

开始一路　徐徐升温的节气
把众生煎烤得汗流浃背
依然绽放酥心入骨　如画如诗
绚烂夏花的惊艳曼妙的时令
乾坤顺势而上　优雅奏出一支
夏季独享的悠扬小夜曲
哦　就连唐代大诗人刘禹锡
亦不忘如常前来助兴
他那句国人家喻户晓的
“东边日出西边雨”
至今还助如火如荼的运势　带来
几丝清凉
炽热的夏至　三天两头
也会被丰沛的雨水泡得惬意舒适

立　秋

酷暑　被时光下达命令
即将顺其自然地隐退
它点燃岗上　最后一把火
把岁月煎烤得金灿生辉
为迎秋之新人　接班
送上前辈依依不舍的告别礼物
放飞袅袅芳香　盛开潺潺甜美
夏和秋结缘成就闺蜜挚友
相约明年这个时候
同样不见不散　烂漫演绎
清凉越行越近
悠悠亘古　铁打律定的
火红运势可歌可泣
精彩邂逅在重逢季节全新轮回

处　暑

酷暑炎热　默默开始
拾掇行李
它把如火如荼的岁月运程
匆匆塞进　背囊
准备到海那边
继续　施展自己的
独家专利和本领
季节照例招聘接班新人
上岗前　依然接受
雷打不动的时光培训
远离浮躁　学会理智冷静
精制舒心惬意
清凉　款待泱泱乾坤
幸运的每一位父老乡亲

白 露

悠悠烂漫时光　由远及近
经过暑热的三伏烹煮
与煎熬　优雅分娩
满世界晶莹温润的露珠
只见一缕清凉　从岁月的
额头　静悄悄曼妙掠过
险些　被炙熟的候鸟们
滑过那金色天空欢呼雀跃
衔来又一个　邂逅
天高地阔的爽快节气

秋　分

候鸟把时令　拽得悠长悠长
集结成群启程南巡
返乡　黄花更黄稻谷倍香
重叠岁月沉甸甸
丰收的幸福　喜悦与蕴藏
一场亘古姗姗来迟的
清风携带冷雨　相拥去年
遗留的枯黄落叶
齐头并进飘飘洒洒　纷纷扬扬
哦　季节坠入莫名躁动
徐徐拉开轮回的历史大幕
正式开始演绎那一路萧瑟和悲凉

立　冬

季节如常轮回　邂逅立冬
表情　略显冷峻
警示路人行事谨慎小心
岁月前头　有一场
晶莹洁白的浩大运程
即将铺天盖地般　来临
世界演绎酷美无痕
纷纷扬扬　优雅绽放中
莫忘脚下不易觉察的陷阱

小　雪

立冬谢幕　迎来去年邂逅
接班表演的婀娜多姿的小雪
随风轻轻起舞　将一片片晶莹剔透
六角形绽放乾坤大千世界
一招一式撒满了　洁白无瑕
这个保留节目非她莫属
堪称光阴轮回中　年年必上的
惊艳众生眼眸的一绝
哦　跟着还有大雪姐姐　火热登台
若想饱赏　请按时与冷美的运程相约

大　寒

亘古　权威钦定的时令
岁末最后一个节气
虽然有点　无情冷酷
播撒苦涩刺骨的冬寒
正好剔除脑瓜里的燥热之气
扶助芸芸众生凝神聚力
在　光阴穿梭编织的
那张洁白无瑕的无垠大纸上
清醒盘点深耕细作　一年的演绎
悠悠三百六十五天
让雪色六角形　飘逸出
即将泛绿的优雅鲜活的春之谣
昭示泱泱神州　一切重头开始

第六辑

精彩评论

泰山石，
沉淀着厚重的中华文化

攀登　东岳泰山
被冠予“石敢当”的泰山石
与我　一见如故
扑棱棱跻身我的怀里
小小的泰山石　始终沉淀
源远流长的厚重的
泱泱大中华　平安文化
浓缩龙的传人
独撰了几千年　大写
辉煌绚烂铿锵的中国故事
重于泰山　稳如泰山
灿似夏花美好浪漫的寓意
至今　依然助力神州
呵护共和国的复兴大梦
行稳致远　绽放无穷的生命力
哦　一枚小小的泰山石
走进　我的收藏宝库
用它“泰山压顶不弯腰”的神奇
吉祥赐福　我今生来世

赵南成点评：石敢当，又称泰山石敢当，中国旧时宅院外或街衢巷口建筑的小石碑。因碑上刻“石敢当”字样，故名之。作为民间驱邪、禳解方法之一，此风俗始盛于唐代。此诗就是对这种风俗的感怀，由登泰山而与泰山上的石头“一见如故”，并“扑棱棱跻身我的怀里”，产生一种亲近感，把泰山的雄伟之景与由此激发的昂扬奋发之情融合在一起，情景交融，物我统一，聚集成泰山石敢当的灵性，即泰山石所沉淀的厚重的中华文化底蕴。

诗人写石敢当这种泰山石，其实是写一种精神，“重于泰山　稳如泰山”，蕴含着坚定、顽强及勇于担当，这是民族之灵魂、立国之本，所以，我们常说中华民族“屹立在世界的东方”；同时，这种精神又是“行稳致远　绽放无穷的生命力”的，即中华民族敢于战胜困难的乐观主义精神和胸怀美好理想的浪漫主义色彩，如同旗帜和太阳的召唤，使我们这个五千多年文明灿烂的民族不断前进，迸发出青春活力。

实与虚结合，表现中华民族的朴实坚韧与崇高志向，此诗抓住石敢当展开联想，赋予其雄奇、坚忍、厚重、飞扬、开拓的英雄主义精神，大气磅礴。可见，此诗最成功之处在于抓住了诗的原点进行突破，从而铺展和描写，形成一首感人的诗作。正如法国美学家保尔·瓦雷里所说：“一个意外的事件、一个外界的或内心发生的小事——一棵树、一张脸、一个题目、一个字就能触发人的诗情。”对此，浙江大学教授吴晓进一步阐述：“一个形式、一个句子、一个字、一个形象，不论其重要性如何，它都成了诗的原点，也就是诗情的突破点，动荡澎湃的情思就从这一点倾泻而出，浇灌出一个独立的艺术生命体。”

泰山石敢当，精彩的原点，激情澎湃的源头。

听广东音乐

南国三月　淅淅沥沥
一曲《雨打芭蕉》
链接　勤劳睿智的广府众生
浓郁的乡土气息
动感起伏　播撒泛绿的
火热向往与希冀
音符　顺利飘过枝繁叶茂的夏天
轻快奏响欢乐的《喜开镰》
金灿灿的丰饶　热闹的节日
粤人迎来
瓜熟蒂落　大美收获季节
红棉和珠江一同舒展
芳香四溢的潺潺旋律
哦　共和国改革开放前沿阵地
一路回荡《步步高》
天籁悠扬　冬去春来潇洒轮回的
风景　这边独好
写满广东五线谱的活力生机
酥心悦耳　美妙南声
持续为我泱泱神州
新时代筑梦大合唱添韵助力

赵南成点评：意象产生诗意，是诗的最初出发点，又是最终目的地，其运动与组合构成诗的整体效果，给读者以思想启示和美的享受。因此，诗人辛笛说："诗歌既然属于形象思维的产物，首先就必须从意境（印象、意象等）出发。"意象的生成由两步构成，表象分解和确定意象的表象选择。此诗就较好地完成了这两步，其运动与组合构成整体的诗意美，将"听广东音乐"这一事件扩展至广阔的时间与空间，展示了广东音乐的民俗特色和广府文化的历史内涵，又与时代性结合起来，使人领略到悠扬古韵的时代新活力，陶醉于继承性和创造性融合的"美妙南声"。

文学理论认为，意象是表象的"情感体现"，由表象上升为意象，要对表象进行分解，因为客观表象是混杂的、模糊的，不可能都写到诗里，这就要细心进行分解提取。此诗要写的广东音乐，有着丰富的内容，诗人分解出其中的名曲《雨打芭蕉》，并进一步分解出此曲所洋溢的乡土气息和包含的农事活动，以及或火热或轻快或激昂的音符。这种逐层深入的分解使对象本身（听广东音乐）获得了清晰化明朗化的效果，成为鲜明的感知表象，也就使诗的题材集中、内容精练了。

在此基础上，该诗对表象进行选择，从而形成鲜明的意象。"南国三月　淅淅沥沥／一曲《雨打芭蕉》"，这是诗的总起，有地点、时间，"淅淅沥沥"是对南国之春的形象化，多雨的、湿润的、充满生命力的，于是，听广东音乐，就感觉到不可遏止的活力，雨打芭蕉的晶莹而有节奏感，正是万物生长的态势。

接着，按照这种生长态势，春天是"播撒泛绿的／火热向往与希冀"；接着是"音符　顺利飘过枝繁叶茂的夏天"；夏天之后是秋，"轻快奏响欢乐的《喜开镰》"。诗人对表象的选择是有取舍的，冬天不见了，而对金秋详细描写，"金灿灿的丰饶""瓜熟蒂落　大美收获季节"，等等。因为这些选择最能表达事物的本质特征，展现了雨打芭蕉的生命力和丰硕成果，春天的南水变成了秋收颂歌。于是，选择后的表象上升为激昂、跃动、喜悦的意象，获得了丰盈的诗意。

朱光潜先生说："选择有时就已经是创造。"此诗从第十二行"红棉和珠江一同舒展"开始，呼应了前面的"南国三月"雨打芭蕉，这不仅使诗的结构完整，还反映诗人听广东音乐听出了新的感觉。"共和国改革开放前沿阵地／一路回荡《步步高》"，这是意象确立后的创造性联想，此时诗人的内在生命进一步呼应外部世界，外部世界进一步走进诗人内心。诗人欢呼建设小康社会的伟大成就，赞美"天籁悠扬　冬去春来潇洒轮回的／风景　这边独好"（四季轮回，诗的结构完整了），这种意与象的结合，扩大和深化了作品的主题，使诗意美具有多重性，引人思考，给人启发。

广州七星岗古海岸遗迹

当目光　刚与你相撞
五六千年前亘古
孕育的海水　便铺天盖地
朝我稀里哗啦涌来
很快　在地球
鬼斧神工的魔力下
又狼狈退却至100公里之外
凝结成一个世界级的
经典　古海岸遗址
涨潮地质学家的睿智眼眸
绽放喜上眉梢的永久精彩
哦　广州七星岗
惊艳古海岸遗迹
袅袅时光丢失的一本大书
铺开南国繁华都市　街边暴晒
字里行间裸露你
前世今生　蔚蓝色的传奇故事
娓娓讲授古海洋古气候古地理
连串波浪起伏　科学知识
启迪大美乾坤造福千秋万代

赵南成点评：此诗以目光，刚与七星岗“相撞”开头，以目空千古之笔，写到“五六千年前亘古／孕育的海水　便铺天盖地／朝我稀里哗啦涌来”，以瞬间的眼光写亘古的海水，“铺天盖地”从视觉写其浩瀚，“稀里哗啦”从听觉写其迅猛，既有亘古之势，又有亘古之力，一个目光便包含了纵横捭阖、波澜壮阔的沧桑变化，从有限扩展到无限的广远，这便是诗的宇宙意识，使人领会到大自然鬼斧神工的魅力。

闻一多说：“选择是创造艺术的程序中最紧要的一层手续，自然的不都是美的，美不是现成的。其实没有选择便没有艺术。”对七星岗有多种写法，自然就有多种选择。刘如春从地球地壳运动的变化来写七星岗，这种宇宙意识使人心胸广阔，有风雷激荡、沧海桑田之感。

不仅如此，诗人将历史回顾的虚写巧妙地转变为对眼前景物的实写，海水“又狼狈退却至100公里之外／凝结成一个世界级的／经典”，成为一个“永久精彩”的七星岗。写现在是为了深化历史变化的自然规律，更是为了突出七星岗对于广州成为历史名城的现实意义。“古海洋古气候古地理”的科学知识，“启迪大美乾坤造福千秋万代”，结尾句收笔很好，前六字“启迪大美乾坤”具有现实意义，加深人们对广州的了解；“造福千秋万代”，阐述了七星岗今后的作用和价值。于是，此诗将历史、现实、未来形成纵式结构，又虚实穿插、情景交融，表现七星岗源于自然规律的本质美，又描写了城市建筑的艺术美，气势磅礴，诗意深远。

广州的秋季，
藏在花海里

时令深秋　美丽的羊城
没有丝毫寒意
花如海　依然繁茂绚烂
把南国大都市演绎得如画如诗
格桑花　星星点点
诱惑梦幻的粉红色　一股脑儿聚集
你可是携带幸福时光
从遥远的高原藏区慕名而来
在改革开放前沿　安家
助力广府增光添彩芬芳四溢
惊艳眼眸的绚烂异木棉
铺天盖地绽放
浪漫气息
分明是替补回家憩息的英雄树
上岗接班　守望花之城市
诠释永不凋谢的靓丽
还有那一棵棵　金灿灿的向日葵
圆圆脸庞和多彩阳光
紧密粘连　缠绵在一起
升温静好岁月里暖洋洋的节气魅力
哦　广州的深秋藏在花海里
哪怕冷酷冬季即将肆虐
也一如既往无所畏惧　呵护

倔强绽放的姹紫嫣红
让闻名世界的锦绣花城名副其实

赵南成点评：秋天往往给人以萧瑟、荒凉、枯萎之感，但由于广州的地理优势，尽管入秋也繁花似锦，给人以春天般的感觉。诗人抓住这一特点，把此诗的题目定名“广州的秋季，藏在花海里”，立意新颖，不但写出了花城广州的美丽，还通过鲜花展开联想，“花如海”“把南国大都市演绎得如画如诗”，歌颂了广州的繁华，生动描绘了建设现代化小康社会的锦绣气象，激情澎湃，鼓舞人心。

美国美学家苏珊·朗格说，诗歌意象是一种“表现性符号”。可见，这种表现性使人对某种自然物产生特定的心理感受，并由事物的特性引起联想。此诗选择了盛开在秋天的三种花进行描写及联想。其一为“星星点点”的格桑花，她的“诱惑梦幻的粉红色”是携着“幸福时光”来广州这一“改革开放前沿　安家”，粉红色给人以温馨、愉悦的感觉，于是有了幸福的联想。其二是绚烂的异木棉，她“铺天盖地绽放”的壮丽景色，使人自然联想起与其相似的在春天开花的木棉树，又称为英雄树，“分明是替补回家憩息的英雄树”“诠释永不凋谢的靓丽”。广州历来有“英雄城市”之称，由此歌颂了在不久前抗疫战斗中的白衣战士及公安干警等，也使人联想到三元里抗英、黄花岗起义、广州起义等英勇斗争，这种对异木棉的联想展现了广州的文化底蕴及革命英雄主义的壮丽、崇高和伟大。其三，“金灿灿的向日葵”“升温静好岁月里暖洋洋的节气魅力”，让人联想到广州市民的静好岁月，安享天伦之乐。可见，通过格桑花、异木棉、向日葵的特点，即特定的表现性，诗人联想到广州是一座幸福之城、英雄之城、静好之地，使人们更好地认识广州、热爱广州、歌颂广州。

诗的结尾又一次重复“广州的深秋藏在花海里”，既呼应前文，又突出了“藏”所蕴含的丰盈、美丽、温暖，情景交融，暖人心扉。

诗赏广州云台郁金香花展

冬去春来　岭南最先知
君不见——
广州云台山花园郁金香花展
早已集结牛年伊始
最温暖宜人多姿多彩的节气
刚入大门　铺天盖地如火如荼
红彤彤闹哄哄的郁金香
便呼啦啦点燃太平盛世
携手中国梦擎起冲天牛气
阳光浸染的郁金香　与我华夏
大美黄土地融为一体
绽放　众生雄赳赳的家国情怀
聚焦复兴大梦铿锵奔去
哦　那一朵朵赏心悦目
尊贵的紫色郁金香
随风潇洒摇曳　红男绿女
辛丑愿望和东来紫气
心领神会　敢为人先
勤劳睿智的老广们
擂响再上一层楼的战鼓　加油助力

赵南成点评：这是一首生动描写郁金香的绚烂美丽的诗，郁金香花展于牛年伊始“集结”在广州云台花园，“温暖宜人多姿多彩”“铺天盖地如火如荼”。“集结”一词写出了一种壮丽的气势，正如车尔尼雪夫斯基所说：“形象在美的领域中占着统治地位。”读完《诗赏广州云台郁金香花展》，觉得满眼都是绚丽的郁金香，其色彩、其形状、其芳芬，铺天盖地扑面而来，美不胜收，令人陶醉，不禁想起了郭沫若的一句诗：“万紫千红结队来，遍地吹军号。”

浙江大学中文系教授吴晓指出：“意象的外在形式美是直诉人的器官的，包括视觉、听觉、触觉、嗅觉、味觉等各个方面。”此诗抓住花展如“集结”这个诗眼，以人的诸般感觉的表达和穿插将“集结”具体化，给人一种缤纷壮丽之感。如从郁金香“红彤彤闹哄哄”的视觉和听觉，延伸至“点燃太平盛世”“携手中国梦擎起冲天牛气”，这就从外在美写到内在美，表达了新年祝福和伟大的强国之梦。不但如此，“阳光浸染的郁金香　与我华夏／大美黄土地融为一体／绽放”，使“众生雄赳赳的家国情怀／聚焦复兴大梦铿锵奔去”，这诸般感觉的穿插充满时代气息，进而使得外在美与内在美相结合，升华了“集结”的意境，使人联想到全国人民在以习近平同志为核心的党中央领导下团结一心，前进在建设社会主义现代化强国的发展新阶段。

最后七行从花到人，把“尊贵的紫色郁金香”比喻成“随风潇洒摇曳　红男绿女”“敢为人先／勤劳睿智的老广们／擂响再上一层楼的战鼓　加油助力”，外在美与内在美的结合将诗推向高潮，果然是“遍地吹军号”，发出战斗动员令，催人奋发，斗志昂扬。

此诗诸般感觉结合，具体与抽象结合，外在美与内在美结合，因而意境丰盈优美，诗意浓郁畅快，具有强烈的感染力。

漂洋过海，
我的世界在旅行中天天长大

有幸生活在太平盛世　鼓起的腰包
把旅游不断升温的热词
硬是塞进　我的休闲快乐行囊
携手并进漂洋过海
齐齐放飞　览尽天下大美风光
当下最高昂的兴致
我憧憬　在美英等发达国家潇洒遨游
津津有味品尝
什么是超级生活　未曾触摸的富裕
我念想　走进战斗民族的心脏
聆听伏尔加酒烹煮莫斯科郊外的歌声
精准酿造嘹亮铿锵　大无畏胆识
哦　我敞开若谷胸怀
眼观欧亚六路　耳听南美八方
一路累并愉悦着跋涉异国绚烂景色
记录学习命运共同体　点点滴滴
我的世界在旅行中天天长大
漂洋过海　将辽阔我此生
前所未有的成熟和睿智拔地成长

赵南成点评：刘如春诗人的诗句有一种穿越感。此诗写爱旅行，未采用“我爱旅行，游览世界”之类直白的句子，而是“鼓起

的腰包／把旅游不断升温的热词／硬是塞进　我的休闲快乐行囊／携手并进漂洋过海”，这几句诗的意思是“腰包”把“热词”“塞进”“行囊”“携手并进”去旅行，赋予“腰包”“热词”“行囊”这几个客观事物以主观的感觉，让它们穿越并“携手并进”，这种客观事物的主观化，就是诗人的心灵化处理，使读者对意象有一种陌生感，这样就加大了意象的情感容量，强化了热爱旅行及其美好作用，诗意更加丰盈。在用意象穿越的方法总体抒发了对旅行的热爱后，诗人用“我憧憬”“我念想”两个领起句，对旅行的内容进行分述，“我憧憬”带起的是“在英美等发达国家潇洒遨游”的感觉；“我念想”带起的是战斗民族的“大无畏胆识”，这是“聆听伏尔加酒烹煮莫斯科郊外的歌声／精准酿造嘹亮铿锵　大无畏胆识”，酒可“聆听”，并穿越到歌声的“烹煮”，然后才可将胆识“酿造”，这种听觉、视觉、味觉、触觉的错位穿越，使客观直觉转化为主观意识，同样也是诗人对旅行的心灵化处理。

这两个领起句分别叙述了“享受性旅行”和“激励性旅行”，即物质旅行和精神旅行。“我敞开若谷胸怀”等后七行是对这两种旅行的总结。“我的世界在旅行中天天长大”，客观事物的主观化升华了旅行的意义，而使“前所未有的成熟和睿智”可以“拔地成长”。“拔地成长”原指植物，“成熟和睿智”怎么能“拔地成长”呢？这种在记叙性文体中不通顺的“病句”恰恰在诗歌中是最有诗意的，与前文的客观主观化相反，此处是主观客观化，从而形象生动地突出了旅行对人的励志和益智作用，使旅行的诗意丰盈而悠长。

此诗对旅行的客观主观化和主观客观化的穿越，其实是直觉心灵化，如著名美学家朱光潜所说：“在凝神观照时，我们心中除开所观照的对象，别无所有，于是在不知不觉中，由物我两忘进到物我同一的境界。”这种境界，就是出神入化。此诗将对旅行的描写由穿越而达到出神入化的境界，体现了诗人高水平的诗艺。

即使无缘合和，也要卧你梦里

你很美丽　如画如诗
飘入大千世界芸芸众生眼眸里
偶然　幸运相遇
总能燃起一片初见的惊喜
但我知道　你我虽近在咫尺
快乐的甜言蜜语
总会将咱俩　心水倩影重叠一起
可我无缘俘获你的芳心
如同　公园里五彩斑斓的花朵
我无权撷取
又似　湖中那一尾尾
搅动我相思遐想的浪漫锦鲤
只配为　普罗大众
绽放火辣辣眷恋奉献暖融融惬意
哦　即使我这辈子
不能与你合和　相拥山盟海誓
我也要将自己耕耘得更好
让痴迷的春华秋实　吉祥圆满
天天卧入你渴望的梦里
叩响天长地久　缠绵缱绻的一生一世

赵南成点评：此诗题目是一个假设与转折的复句，重点在转折的那个分句“也要卧你梦里”，深刻而又传神。“卧你梦里”是精神上的，织女与牛郎一年只在七夕鹊桥上见一次面，本是同床而卧的夫妻却永远无法同卧，只有“卧”在梦中，分离的痛苦与见面的难舍难分，以及经年累月的相思之苦，都含在这个“卧”字中。古人讲“炼字如壁龙点睛”，用毛笔为壁上龙画上眼睛，龙就破壁腾空，穿云破海了。这个“卧”字是诗眼，将诗中我对你的爱情无法实现的思念、纠结、缠绵乃至痴迷的心理变化书写得淋漓尽致，如飞龙神游于天地，展现了情感流动的魅力。诗中写相遇“如画如诗”之美的你，“快乐的甜言蜜语／总会将咱俩　心水情影重叠一起”，柔情似水之美，却“无缘俘获你的芳心”，请注意是“无缘”，并非不能“俘获”，而是“无缘”，像王母娘娘强令织女回天上宫殿，这是不可抗力，如果有缘，当然会举案齐眉、相知相守了。悲剧就是“无缘”引起的，诗人用了两个比喻将“无缘”形象化：如同斑斓的花朵“我无权撷取”，如同湖中锦鲤“搅动我相思遐想”，又无法得到的煎熬，有人会绝望，但诗人并不灰心，而是即使这辈子不能与你“山盟海誓”“也要将自己耕耘得更好／让痴迷的春华秋实　吉祥圆满”，走出痛苦而振作起来，这就升华了诗意，振奋人心。

于是，最后两句水到渠成、画龙点睛，点题叙写“天天卧入你渴望的梦里／叩响天长地久　缠绵缱绻的一生一世”，将爱情的深刻性与激励性，通过“卧你梦里”的感觉展示出来。如顾随大师所说，写诗“主要还是感觉。从感觉中自然生出情来，带出思想来”。此诗独特、生动的感觉，使意象丰盈、诗意奔涌、神韵飞扬。

广州，
我的城市我的家

世界大都会广州　自从我们
某年某日一见如故
你便由　悠悠时令拍板钦定
成了我的城市我的家
我喜欢广州
敢为人先的创新胆略与气魄
共和国改革开放　首个吃螃蟹者
把广州打造得如诗如画般锦绣
我青睐广州　海纳百川的胸襟
伸开手臂拥抱五湖四海的宾客
美丽花城　朋友圈
炫耀如鱼得水越做越大
我眷恋美食之都　吃在广州
舌尖孕育的精彩
广州美名　被津津有味反复烹煮
芳香袅袅溢满天下
哦　广州　我的城市我的家
我的生命早已与你融为一体
依偎在你宽阔　温馨的怀抱里
我每天乐行红棉花开
如火如荼　风调雨顺的运程
一呼一吸全都是对你
滴水之恩涌泉相报　虔诚的赞与夸

赵南成点评：浙江大学中文系教授吴晓说：“诗的意象组合是一个共时并置结构”“这种并置，同时又是‘有序化’的并置”“就是讲究层次性、条理性”。此诗就是通过意象共置的条理性，不但生动地写出“广州，我的城市我的家”，而且深化了广州的城市发展与家的关系，歌颂了广州的创新精神和美丽的景象，并以市民安居乐业的烟火气，体现了家的温馨，从根本上展现了小康社会的幸福感。

此诗开始写与广州“某年某日一见如故”，这是偶然性的相遇带来必然性的“一见如故”，于是点题“成了我的城市我的家”，“我的”一词很有亲切感。可见作者构思的巧妙，偶然中见必然，“我”与广州城和家密切结合，诗的意象的序列化使诗意深刻、物我融合、天人合一。

接着，诗人用“我喜欢”“我青睐”“我眷恋”的排比段组成并置结构，从“敢为人先”“海纳百川的胸襟”“美食之都”三个方面歌颂了广州。并由广州城写到“我”对“家”的感受，“我的生命早已与你融为一体”，生活其乐融融，“一呼一吸全都是对你／滴水之恩涌泉相报　虔诚的赞与夸”，对广州的爱已成为家的灵魂、我的生命，如吴晓教授所说：“有序化过程同时又是生命化过程。有序只有达到活跃动荡生命之诞生，这样的有序才是有价值的。”可见，此诗具有较高的审美价值，诗意浓郁深刻，感人至深。

听广东方言歌《摘荔枝》

踏响粤味袅袅　广东方言歌《摘荔枝》
我走进星星点点的浩瀚荔枝园
牵手东坡先生　放飞低吟浅唱
尽情采撷岭南佳果中的果王
营销兴旺运程　津津有味赏析旋律
一颗颗清甜爽滑的荔枝　悠扬
芸芸众生的舌尖味蕾
醉入天高地阔的火热夏日
苏轼大诗人家喻户晓的荔枝诗
同时被塞进嘴里快乐咀嚼
六月南国荡漾出独享的美食魅力
跌宕起伏奔腾不息　铺天盖地
哦　摘荔枝摘荔枝
这首婉转动听　广东时下
耳熟能详的经典方言热曲
每一枚音符　都包裹着太平盛世
红彤彤的荔枝亮丽舒心可口
常品常新　幸福生活并集结
成共和国高歌猛进的五线谱流芳淌蜜

赵南成点评：此诗是写听广东方言歌《摘荔枝》后的感慨，抒发了对这首方言歌的赞美，这就要先读一下《摘荔枝》的歌词：

摘荔枝！呼朋同奔果园去，佳果艳香惹人迷，放飞心中意，欢笑漫天摘荔枝。爬高去，树梢去，一串串果放到食品袋里。这是桂味珍品，靓荔枝，娇小嫣红平添乐趣。

唱荔枝，当年摘荔京都去，喜得贵妃心自娱。一诗传颂千年盛，脆美甜果天下奇。展身手，簇簇鲜荔，攀高折枝，亮响声脆。竞将果实献给美女，香荔红寄情意，生活有若美虹霓。牵手园中如梦美。欣欣欢情，笑问当初，贵妃子，红尘啖荔幸福意，身居帝伴，怎可比，我地绿女骄男，摘荔枝。

唱荔枝，冰箱之内来冰起，清心甜蜜鲜味美。玉环大姐，叹不如。不如我地日子美。今天我等，将手牵，上山摘果笑声一路，共抒豪气。同游靓荔园，心中万千感受意最美，尽享天公恩义赐。摘荔枝，看我们摘荔枝神驰！摘荔枝！

此歌以长短句排列，基本押“i”韵，形成抑扬顿挫的节奏感，流畅的韵律表达了一种荔枝丰收的欢快。此诗开头两句对此作了生动精辟的描写：“踏响粤味袅袅　广东方言歌《摘荔枝》”。“踏响”形容其鲜明的节奏感，“袅袅”形容其韵律悠扬、粤味浓郁，准确概括出这首方言歌形式上的两个特点。

这首方言歌之所以引起诗人的关注及感慨，是因为咏唱了广东乃至岭南的特产荔枝。“星星点点的浩瀚荔枝园”，红果掩映在绿树丛中，红绿辉映，分外妖娆，这是视觉上的感受。还有味觉感受“一颗颗清甜爽滑的荔枝”，给人一种清甜的美感，而“醉入天高地阔的火热夏日”，又将味觉转换成视觉，这种视觉的延伸是天地之广阔、盛夏之旺盛，这就写出了清丽的自然意象。这表明，人类面对的一切美的形式，都来自大自然，都是大自然对人类感观的贡献，人与自然最根本的关系是共生与和谐，正如英国浪漫主义诗人威廉·华兹华斯所说：“人们的热情是与自然的美以永久的形式合二为一。”可见，这首方言歌既是写佳果荔枝的特色，又是写岭南风光之美，这也是打动诗人的基本原因，诗人倾诉的是对大自然由衷的赞颂、热爱，并融入内心，如庄子所说：“天地与我共生，万物与我为一。”人就是自然的一部分，将内心融入自然，这是此诗打动人心的基础。

提到荔枝，自然会想到苏东坡的名诗《食荔枝》：“罗浮山下四时春，卢橘杨梅次第新。日啖荔枝三百颗，不辞长作岭南人。”诗人也在诗中用了这一典故，“牵手东坡先生　放飞低吟浅唱”“家喻户晓的荔枝诗”“同时被塞进嘴里快乐咀嚼”，读诗变成了“咀嚼”，这种改变事物属性的特异化，将荔枝的历史意象生动化，将一种沧桑感变成丰满的荔枝文化，夯实了此诗的文化内涵。

当然，当下叙述是此诗的创作动因和主体，诗人写了摘荔枝、品荔枝的欢快场面，还赞美其“跌宕起伏奔腾不息　铺天盖地”的气势，扩展至“每一枚音符　都包裹着太平盛世”。这就使此诗具有鲜明的现实意义和时代色彩，亲切动人。

由此可见，自然意象、历史意象、现实意象是诗的主要表现内容。此诗将这三个内容与前文所提的形式上的两个特点相结合，做到了形式与内容的统一，含意深刻、气势磅礴，使人昂扬奋发、欢欣鼓舞。

街边，
我看见一棵挂牌的古树

你德高望重几百年　经历风风雨雨
无私奉献繁茂滴翠的浓荫
为街区恩赐永恒的绿色生机
每张叶片均摇曳着这个
千年城市　前世今生的历史故事
今天喜迎全国生态日
你终于挂上牌　有了自己的专属名字
亦成为络绎不绝的路人仰视的朋友
结伴　我们共同生活在蓝天下
直面美丽地球大家园
理直气壮齐唰唰书写共和国
新时代生态文明建设的崭新奇迹
从今以后你再也不怕贪婪的目光
也无所畏惧野蛮成性的疯狂私欲
哦　街边那棵挂牌的古树
每每从你面前走过　我皆肃然起敬
你虽然不能如我四处走动
而你挺直腰杆挺直了自己
当下至高无上的尊严
因为树立太平盛世的今朝
你有幸相拥第二春　泛绿生机
立足自己风吹不倒雷打不动
初心始终不变的使命与岗位
甘当泱泱大乾坤忠于职守的地球卫士

赵南成点评：此诗的题目“街边，我看见一棵挂牌的古树”，这就从一般的树变成了有特点的树，这是由于作者成功运用了诗词美学中的意象构建功能，就是把多个意象并列在一起，使作品产生新的意义。作者将树、古树、街边、挂牌几个意象并列共置在一起，并抓住“挂牌”这个特点，“你终于挂上牌　有了自己的专属名字”，突出了生态文明建设的意义。如浙江大学中文系教授吴晓所说：“艺术符号是共时性符号，是指作品中所有的符号显现在眼前才能把握其意义。共时性符号的主要特点就是并置。这种并置性在诗歌意象中表现尤为明显，由此使意象产生更大的建构力。”

此诗通过并置性融合产生街边古树挂牌这一新的意象，用时尚的话来说就是新生事物，“新时代生态文明建设的崭新奇迹”，意境不但新，而且奇。作者用拟人方法展现了这种“崭新奇迹”：“而你挺直腰杆挺直了自己 / 当下至高无上的尊严”。保护一棵古树就如展示古树如人的尊严一样，这是对弘扬历史文化，展现包括生态文明在内的中华文明的集中体现，以“尊严”生动传神表现其丰盈而有张力的构建力。

此诗结尾以一种宏观的高瞻远瞩“甘当泱泱大乾坤忠于职守的地球卫士”，从而展现了古树挂牌的全球视觉，这是保护地球生态环境的重要举措，把诗的感情推向高潮，于是，构建力的融合、组合功能取得了最充分的效果。

我救活的那只雏鸟，
你现在还好吗？

孩提时　受幼儿园老师一个爱护
野生动物故事的启发
我启动人之初的怜悯之心
救活了一只雏鸟
让它重上蓝天　返回
它朝思暮想辽阔高远的家
长大后我常常仰望　那只美丽
雏鸟飞去的方向
暗自向天空　默默发问
我情真意切救活的可爱雏鸟
你现在还好吗　但愿你依然是
我心中那篇栩栩如生的传奇与童话
哦　或许你和我一样
有了第二代第三代
恰逢共和国生态环境　迎来了
第二个绚烂的春天
我分明瞅见你　携庞大的
飞翔家族无忧无虑欢欣鼓舞
越洋跨海　把自由自在
任意飞翔鼓捣得多姿多彩如诗如画

赵南成点评：此诗用拟人的方式，通过“我”对一只救活的雏鸟现状的询问而展开，这种询问其实是一种联想，因为雏鸟是无法回答的。在这种飘逸舒展、流转变化的联想中，表达了爱护大自然的环境保护主义。

这种设问的联想是连贯性的，从“让它重上蓝天”“长大后我常常仰望　那只美丽／雏鸟飞去的方向”到“有了第二代第三代”，在优越的生态环境中“迎来了／第二个绚烂的春天”，并且“携庞大的／飞翔家族无忧无虑欢欣鼓舞”，时间穿越、空间变化与小鸟数量的增多形成了意脉贯通的流动美，这个“意脉”来自雏鸟的成长、繁衍，体现了生态环境保护的重要性。

此诗的结尾部分以壮丽的画面描绘了“飞翔家族”的奋飞，“越洋跨海　把自由自在／任意飞翔鼓捣得多姿多彩如诗如画”，展现了宽大、舒展的流动美。

可见，此诗生动地演绎了浙江大学中文系教授吴晓所说的流动美的两个特征，一是意脉贯通的结构，二是宽大舒展的境界，因此纵横捭阖、英气逼人。

萤火虫迎来“第二春”

绚丽的光点　在夜空中漫天飞翔
将我稚嫩的梦烹煮得
婀娜多姿金黄金黄　拽向
遥远的地方
这是我儿时对天之骄子萤火虫
第一曼妙印象
曾几何时萤火虫在我眼前销声匿迹
要寻觅那朝思暮想的倩影
还要远渡重洋　前往
域外某个环境优雅而陌生的地方
哦　感谢共和国
迎来生态文明的第二个春天
萤火虫复出的热点新闻
又　竞相争妍华夏
赏心悦目的诸多五彩报章
那只我熟悉的萤火虫
重新飞入我悠长的思念
将我对中国梦的憧憬与向往点亮

赵南成点评：浙江大学中文系教授吴晓说：“诗的意象组合是一个共时并置结构。”由于在艺术思维中有一定程度的相关性，所以意象组合有各种形式，对比结构就是其中一种形式。此诗题为“萤火虫迎来‘第二春’”，有“第二春”必有“第一春”，在两者之间有一个过渡，这个过渡从“曾几何时萤火虫在我眼前销声匿迹”到“域外某个环境优雅而陌生的地方”，虽短短四行，却写出了萤火虫的消失，并以要到域外才能看到它的“倩影”，突出这种消失带来的落寞感。于是，这种消失与前文的“第一春”形成对比，又与后文的“第二春”形成对比，以两个突出的对比，突出“第二春”“竞相争妍”的美丽及意义。

第一组对比是过去的，诗人以绚丽的色彩描写萤火虫，“绚丽的光点”，这是实写，“将我稚嫩的梦烹煮得／婀娜多姿金黄金黄　拽向／遥远的地方”，这是虚写，从实到虚形成童话般梦幻的“第一曼妙印象”。与萤火虫“销声匿迹”的落寞形成对比，从而对飞舞的萤火虫充满怀念，这种怀念含有重见萤火虫的潜意象（未显示而暗含的意象）。

这种潜意象在第二个对比中变成绚丽的意内之象，萤火虫复出，“竞相争妍华夏”，并由此联想到“迎来生态文明的第二个春天”，并升华到“将我对中国梦的憧憬与向往点亮”，可见，萤火虫的“第二春”象征着生态文明的“第二春”。结尾的“点亮”是对全诗意境的聚焦，既有过去萤火虫到现在萤火虫“亮”的连续性，又突出“第二春”“点亮”的时代精神，即对“生态文明”乃至“中国梦”的“点亮”，由意内之象发展到“象外之象”，展现了神州大地建设现代化强国的辉煌成就。

吴晓教授说：“对比，形成视觉和感觉的落差，从而获得更深刻的印象，给读者多一分思考。”此诗的对比突出了萤火虫所寓意的诗与远方的美，使读者对“中国梦”有了更深的认识与感悟。

我有一枚甲辰珍邮

一枚甲辰珍邮　经12年轮回孕育
横空出世走入我家门口
方寸之间　把我拽进龙的世界
将华夏五千年神奇传说守候
随着　甲辰的脚步声愈行愈近
龙票赋予我即将缠绵
崭新一年诸多龙的元素　龙行大运
龙腾虎跃龙马精神
彰显我运势　顺风顺水兴旺发达
荣幸获得龙的呵护天长地久
哦　这枚贵重的珍邮
我没有独自一人收藏的私念
拟择日把它　寄往太平洋彼岸
让我那漂泊海外的乖乖女
一同　铿锵大步前行与金龙携手

赵南成点评：此诗的开头四行直接点题，指出一枚珍邮“横空出世走入我家门口”。“横空出世”这个词产生震撼力，小小的邮票放在桌面上应是悄无声息的，为何会有这种惊天动地之感？这就产生了悬念，吸引人们读下去。这是此诗的缘起，如浙江大学中文系教授吴晓所说：“诗的叙事原点一般始于诗的缘起。”此诗的缘起引出了诗的主体，“方寸之间　把我拽进龙的世界”。可见，此诗的原点就是甲辰珍邮所体现的龙的精神，即龙票赋予我的“缠绵”的“诸多龙的元素”。

具体的元素有“龙行大运”“龙腾虎跃龙马精神”，并且带来了“彰显我运势　顺风顺水兴旺发达”的新年祝福，今后也可“荣幸获得龙的呵护”。诗人逐层深入地表达了龙票的丰富内涵，歌颂了以龙为图腾的中华民族精神意气风发、豪迈激昂、催人奋进、开拓创新的感召力，使前文“横空出世”的原点产生了突破，诗意飞扬浪漫。

当然，这种突破不仅在诗的进入内心，也向外伸展，把这枚珍贵的龙票寄往太平洋彼岸的“乖乖女”，父女俩“一同　铿锵大步前行与金龙携手”。这是新年祝福，更是中华民族精神的发扬光大，吹响了中华民族崛起于世界、成为现代化强国的时代号角。

此诗由事件的缘起而向内向外发展，即对龙票内涵和外延的突破，形成了“横空出世”、气势磅礴的龙票意境，于是，如吴晓教授所说：“都成了诗的原点，也是诗情的突破点，动荡澎湃的情思就从这一个点上倾泻而出，浇铸出一个独立的艺术生命体。”

关于春节

春节堪称我华夏民族　数千年来
最伟大的节日
若问什么是春节　大年三十
全球最大的央视文艺晚会
就能活灵活现　为你
曼妙演绎
时光最近　又炫亮一个热点信息
中国春节被钦定为
联合国　同欢同庆共享的节日
这无疑是中华民族国力增强
影响力闪亮了地球村的眼眸
已巍然屹立于世界
民族之林　最佳形象的优雅诠释
哦　看我当下大神州
处处龙腾四海　龙行大运
龙飞凤舞龙马精神鲤鱼跳龙门
牵手中国红　铺天盖地
涨潮九百六十万平方公里每寸每厘
这就是东方大国甲辰春节
大喜日子将赋能龙的传人　天天
甜美如蜜蒸蒸日上　绽放如画如诗

赵南成点评：有数千年历史的春节，一直是众多诗人歌咏的题材，在甲辰年春节到来的时候，本诗作者以充满张力的气势，从广阔的审美角度，写出了春节融历史与时代于一体的壮丽意境，如浙江大学中文系教授吴晓所说："诗是文学中的文学。文学创作活动是主体意识高度张扬的活动。诗更是诗人主体意识高度张扬的产物。"

此诗的开头就落笔不凡，春节是我们民族"最伟大的节日"。这个定位准确而有力度，将春节的民族精神与悠久传统放在时代的世界的背景中，具有强烈的震撼力，在全诗中提纲挈领，成为叙述与抒情的中心。

接着，诗人以"大年三十 / 全球最大的央视文艺晚会 / 就能活灵活现　为你 / 曼妙演绎"，从世界性、生动性（活灵活现）、高雅性（曼妙）表达了春晚非同一般的特征，并指出"时光最近　又炫亮一个热点信息 / 中国春节被钦定为 / 联合国　同欢同庆共享的节日"，强化了春晚的世界性影响和魅力，有力地突出中华民族的国力增强。这种由景到情的描述，由春晚看春节，由春节看国力，充满中华民族"已巍然屹立于世界 / 民族之林"的爱国主义激情。

诗的第三部分从"哦　看我当下大神州"到结尾，以铺展的概述描写了甲辰龙年神州大地龙腾四海、龙飞凤舞的宏伟场面，并展现了"甜美如蜜蒸蒸日上　绽放如画如诗"的美好前景，将诗意加以延伸和升华。

此诗由实到虚，由过去、现在到将来，由点到面，情景交融地写出了一个全新意义的充满气势的春节，是诗人主体意识高度张扬的结果，如诗人岛子所说，诗"要反映精神深层次的现实"，从新的审美高度加深了人们对春节美学意义的理解。

听　海

阳江海陵岛　清晨隔着茂密椰林
我津津有味地听海
海浪爆响的声音　一波一波
在我耳畔高分贝涨潮
像万马奔腾　相互比赛精彩
如无数台呼啸而至的动车一日千里
合伙组团　风驰电掣鸣笛奏凯
瞬间　听海又鬼使神差
仿佛转化为　我眼前朦朦胧胧的看海
我似见一片晶莹剔透的辽阔
飞溅出亘古孕育的壮观　澎湃
大海母亲用她的富饶和大爱
哺育地球村子民
健壮了乾坤生机勃勃的千秋万代
哦　听海　听出无数遐想
及赏心悦目的蔚蓝色彩
当下中国不就是　一片靓丽的大海吗
十四亿龙的子孙皆属中国梦
气势磅礴的大海里　一滴水
踏着《阳光路上》这首励志热曲的节奏
共同融入　一望无际的璀璨憧憬
高歌猛进奔向诗与远方的浩瀚未来

赵南成点评：此诗的缘起是在海陵岛听海，浙江大学中文系教授吴晓说："诗的叙事原点一般始于诗的缘起。"他又说，诗的原点又叫诗的突破点，"每个诗人都有各自擅长的突破点"。我点评过刘如春诗人的十多首诗，发现他擅长选择一些有意义的物件，如甲辰珍邮、"第二春"的荧火虫、救活的雏鸟等，由此突破，展现所蕴含的爱国主义、重视环保等具有时代性的主题。此诗正是如此，他听海"听"出了大海母亲般的爱，抒发了爱国主义的豪情壮志。

诗的前九行将"我津津有味地听海"具象化，有"爆响的声音""高分贝涨潮""如无数台呼啸而至的动车一日千里""风驰电掣鸣笛奏凯"，生动而有条理地写出了海浪声之大，并且不断加深海浪声响亮的描述，轰隆呼啸，以至给人以惊天动地之感，突出了海浪勇猛向前、势不可挡的力量。

此诗从第九行开始，从"听海"变成"朦朦胧胧的看海"，即从听觉转为视觉，写了"似见一片晶莹剔透的辽阔"。这种感觉的转换叫做通感，浙江大学中文系教授吴晓说，通感"所提供的是超越的美、变异的美""产生了一种惊奇感与新颖感"。于是，海使我们想到母亲的爱，从"赏心悦目的蔚蓝色彩"联想，产生突破点，"当下中国不就是／一片靓丽的大海吗"，并伸延至"一望无际的璀璨憧憬"，展开了新颖壮丽的诗与远方，产生了"象外之象"，海象征了爱的力量，翻涌着理想主义、爱国主义的浪花。

绿色军衣

一首袅袅《绿色军衣》　将八一建军节
吟诵得越来越近
感谢歌唱家们　把军歌唱得
天籁般抑扬顿挫　格外好听
这首《绿色军衣》　就是我
常唱常新的热曲
直抵我　曾梦寐以求当兵的心灵
年轻时虽未实现从武理想
我亦有幸成为　一名基干民兵
那件与军衣毫无两样的
绿色衣装　包裹着刚阳铿锵的旋律
也伴我胜利打靶归来
在摸爬滚打中　打磨倔强的秉性
哦　绿色军衣绿色军衣
于红色建军节来临　更加气宇轩昂
高调发出我东方大国
每寸国土　皆为绿色的军营
十四亿人民十四亿兵的时代最强音

赵南成点评：此诗将对绿色军衣的视觉转为“吟诵”的听觉，再穿越到歌唱家们“把军歌唱得／天籁般抑扬顿挫”，然后又将绿色军衣比喻成“就是我／常唱常新的热曲”，在视觉和听觉不断转换间形成新奇、壮丽意象的基础上，又将其内心化“我想当兵”，情景交融，抒发了对解放军的热爱之情。

诗的第二部分，从对绿色军衣的描绘转为当上基干民兵的叙事，将绿色军衣想象成民兵穿的绿色衣装，视觉上的绿色又转换成听觉上的“刚阳铿锵的旋律”，引出了打靶归来和摸爬滚打的民兵训练场面，由此“打磨倔强的秉性”，寓含人民军队（包括民兵武装）勇往直前的英雄主义。

接着在绿色军衣的视觉形象中又加入了“红色建军节”，倾诉了对建军节的歌颂。在结尾部分又扩大了绿色的范围，“每寸国土　皆为绿色的军营／十四亿人民十四亿兵”，表达了爱国主义精神。

诗歌评论家孙绍振说：“诗人要进行自我感觉的培训，有了视觉的敏感也要有听觉的敏感，同时还要细致地驾驭两种以上的感觉交流的效果，把两种以上的感觉交织起来就形成了一种感觉‘场’。”此诗通过“绿色军衣”的视觉、听觉等感觉的转换交织形成了一个人民军队忠于党忠于人民，具有英勇顽强的革命英雄主义精神的感觉“场”，创造了一个昂扬奋发、雄壮有力的壮丽意境。

赵南成

记者、诗人、作家、评论家。广州日报文学副刊部原副主任。现是中国诗歌学会会员、南方诗歌文化研究专委会常务副主任、广东美术评论学会会员、广东省侨界作家联合会文学评论部主任。出版有三部诗集、两部诗词评论集。

后 记

这是笔者出版的第3.5部诗集。

退休前，由于公务繁忙，已10多年未写诗了。尽管2016年退休后，浓浓的诗情因不能克制，喷薄而出，几年时间便创作发表诗作数千首，还有幸撷获中国诗歌学会年度优秀会员称号，但经过认真思忖，总觉得自己的写作方式基本保持了原有的“初心”不变，要冲破“重围”，再向前迈出大步，仍有待于深耕细作、与时俱进，在创新上下一番苦功！

感谢各级组织特别是文学组织，以及亲朋好友对我数十年文学创作的长期关心和一贯支持。尤其是著名评论家赵南成老师，对我近期创作的10多首拙诗精彩评论，笔者感激不尽。赵老师不遗余力地“浇水”与“施肥”，使我受益良多，心存敬畏，永生难忘。

不说了，“丑媳妇终究要见公婆”。笔者精心“炮制”的《自然之光》到底如何，还是让我的“上帝”——广大读者去评说吧！

2024年10月 于广州